GUÍA DE LECTURA

Escrita por Nathalie Roland
Traducida por Marta Sánchez Hidalgo

La ola

de Todd Strasser

TODD STRASSER

ESCRITOR Y NOVELISTA AMERICANO

- **Nacido en 1950 en Nueva York (Estados Unidos)**
- **Algunas de sus obras**
  - *La ola* (1981), novela
  - *Give a Boy a Gun* (2000), novela
  - *Can't Get There from Here* (2004), novela

Todd Strasser (1950), de origen neoyorkino, ha viajado por toda Europa antes de volver a Estados Unidos para estudiar Literatura. Comienza su carrera de escritor redactando artículos y novelas cortas para los periódicos *The New Yorker* y *New York Times*. En 1978 publica su primera novela, *Angel Dust Blues*. Dirige sus libros a un público joven y aborda temas como la violencia y los problemas de los adolescentes, así como temas sociales. También adapta muchas historias al cine como *Solo en casa*, *Jumanji* o *Liberad a Willy*. A partir de *La ola* recibe un reconocimiento mundial y consigue un gran éxito con su serie de libros *Help! I'm trapped...* (1993-2001).

LA OLA

UNA HISTORIA INSPIRADA EN HECHOS REALES

- **Género:** novela
- **Edición de referencia:** Strasser, Todd. 2010. *La ola.* Traducido por Soledad Silió y Blanca Rissech. Barcelona: Takatuka
- **Primera edición:** 1981
- **Temáticas:** experimentación, Segunda Guerra Mundial, nazismo, poder, miedo

La ola, publicada en 1981, se inspira en hechos reales ocurridos en el instituto Cubberley en Palo Alto (California) en 1967. Ron Jones, profesor de Historia, pone en marcha un experimento para mostrar el funcionamiento del régimen fascista y la actitud de la población alemana durante la Segunda Guerra Mundial. Pero el experimento se transforma en un juego peligroso sobre el poder que ejerce un líder seguido en un grupo. Este suceso no fue muy conocido hasta la difusión de un telefilm que inspiró a Todd Strasser en su relato. Se vendieron más de un millón de ejemplares de la obra en Europa y, desde hace veinte años, está en el programa de lecturas obligatorias de las escuelas alemanas.

UNA CLASE DE HISTORIA POCO CORRIENTE

Ben Ross es profesor de Historia en el instituto Gordon y da clase a alumnos de segundo de bachillerato, a los que considera poco respetuosos con el horario y los deberes. Estudia con ellos la Segunda Guerra Mundial y les enseña un documental sobre los campos de concentración. Cuando termina la proyección, todos se preguntan por la falta de reacción del pueblo alemán. Ben les cuenta que «los nazis podían ser una minoría, pero eran una minoría sumamente bien organizada, armada y peligrosa» (Strasser 2010, cap. 2). Los alumnos parecen incrédulos. Ben, incómodo porque no ha sabido contestar a todas sus preguntas, busca una explicación, pero «sospechaba que no iba a encontrar la respuesta escrita en ninguna parte» (Strasser 2010, cap. 4). Entonces idea un experimento para hacerles comprender lo que pasó.

Algunos alumnos, como Laurie, siguen trastornados por la película, pero su novio la tranquiliza: «Pero eso fue hace mucho tiempo, Laurie. Para mí es como un capítulo de la historia» (Strasser 2010, cap. 3), le asegura.

A la mañana siguiente, cuando los alumnos llegan a clase, se encuentran una frase en la pizarra: «FUERZA MEDIANTE DISCIPLINA» (Strasser 2010, cap. 5). Ben les explica que la clase va a desarrollarse en torno al éxito y el poder, dos nociones que interesan a todo el mundo. Pone distintos ejemplos, como el deporte, la danza o el arte, campos en los que son necesarios muchos años de disciplina de trabajo y de control para obtener resultados.

Después les enseña el gesto que deben realizar y la mayoría de los estudiantes lo imitan. Les pide en segundo lugar que se muevan por la clase y que luego vuelvan a su sitio. Como al principio están totalmente desordenados, Ben les pide que vuelvan a empezar hasta que todo se desarrolle en orden. Seguidamente complica el ejercicio: los alumnos se organizan en fila.

Establece nuevas reglas para la clase y resalta el caso de Robert, un alumno que no llega a integrarse en el curso y que está suspendiendo. Gracias a ello, Robert gana popularidad y se convierte en cierta manera en el guardaespaldas de Ben.

El profesor explica a sus alumnos que están unidos por la disciplina y la comunidad y que forman un movimiento. Les hace repetir el eslogan y hasta les elige un símbolo: una ola que evoca cambio, dirección y movimiento. Así llama a la comunidad: «La Ola». Asimismo, les enseña un saludo. A los alumnos les invade un sentimiento de «poder» y de «unidad» (Strasser 2010, cap. 5).

Ben se sorprende en poco tiempo: la tranquilidad y disciplina reinan en la clase. Algunos alumnos, como Laurie y Brad, se muestran reticentes, pero terminan uniéndose al grupo. El novio de Laurie, David, intenta transmitirle su entusiasmo, pero sigue reticente. Les cuenta a sus padres la experiencia. Su madre se preocupa: ve peligroso dejar que un profesor manipule a sus alumnos de esta forma. Se pregunta si la Ola no es una «secta» (Strasser 2010, cap. 9).

Después de las clases, los chicos suelen verse en el entrenamiento de fútbol, pero el equipo acumula derrotas. Les explican a sus compañeros los principios de la Ola dominados por sus ideas. Los resultados mejoran.

La Ola se extiende poco a poco fuera de la clase: los miembros son cada vez más numerosos. Ben, para su sorpresa, avanza más rápido en la asignatura y los alumnos se preparan mejor las clases. Cuando vuelve a casa, habla del experimento con su esposa, Christy, que da clases en el mismo instituto. Se preocupa de que la comunidad crezca tanto porque empieza a propagarse fuera de la clase de Historia. Pero a Ben le emociona.

En clase da a sus alumnos una tarjeta de miembros. A algunos se les nombra monitores: tienen que vigilar el grupo y velar por el cumplimiento de las reglas. Añade una nueva palabra al eslogan: la Acción. Les pide que actúen «como una máquina bien engrasada» (Strasser 2010, 8): tienen que trabajar juntos, cumpliendo las reglas y ayudándose mutuamente. Los alumnos aprecian esta nueva igualdad. Laurie, cada vez menos cómoda, habla de sus dudas con sus compañeros, pero éstos se toman mal que desconfíe del grupo.

El señor Owens convoca a Ben al ver la envergadura del movimiento y le pide explicaciones. Ben está convencido de que mientras tenga su papel de líder «te aseguro que no puede írseme de las manos» (Strasser 2010, cap. 10). Pero el director le advierte.

En la reunión del periódico, los redactores le piden a Laurie que escriba un artículo sobre el movimiento. Al día siguiente, cuando llega a la sala de redacción, se encuentra con una carta anónima que relata la experiencia de un estudiante de primero al que han intimidado y amenazado los miembros de la Ola.

UNA EXPERIENCIA QUE SE DESBORDA

Los miembros de la Ola organizan una reunión para intentar reclutar a otros alumnos. Laurie duda en ir. Cuando David le propone acompañarla, ella se niega. Éste se asombra de su respuesta y lo intenta todo para convencerla. Le responde que la Ola sólo es una «sociedad [...] utópica» (Strasser 2010, cap. 12). David le reprocha que se aleje del movimiento porque quiere ser diferente de los otros. Un tiempo más tarde, deciden romper su relación. Laurie se refugia en el periódico y Carl y Alex se unen en poco tiempo a ella porque se dan cuenta de que el colegio tiene un aspecto cada vez más militar. Proponen una reunión de urgencia para cerrar la edición del periódico.

Ben poco a poco se siente desbordado por la situación: los alumnos toman iniciativas que transforman en órdenes. Han hecho de Ben «líder supremo de la Ola» (Strasser 2010, cap. 11).

Por la noche, el padre de Laurie habla con ella porque está preocupado. Se ha enterado de que han dado una paliza un alumno judío del colegio por negarse a participar en la Ola. Laurie piensa al instante en sacar una edición especial del periódico para denunciar este suceso.

El sábado, día de partido, Laurie quiere hablarle a su amiga Amy de los últimos sucesos. Pero Brad le bloquea el paso pidiéndole que haga el saludo. Se niega. Más tarde, vuelve a intentar hablar con Amy, pero no lo consigue. Esta le acusa de estar influida por su ruptura con David y critica su amistad, que se basa, según ella, en la desigualdad.

Al día siguiente, la redacción del periódico se reúne en casa de Laurie, pero muchos redactores no han ido por miedo. Terminan la edición especial, que se compone de la carta anónima, el reportaje de Carl de la agresión al chico al que trataron de «judío de mierda» (Strasser 2010, cap. 13), entrevistas con profesores y padres preocupados y el editorial de Laurie.

Los ejemplares del periódico se venden en seguida y aparecen nuevos testimonios de abusos y nuevos rumores. La incredulidad reina entre los miembros de la Ola: creen que los redactores han mentido. Robert se muestra particularmente hostil hacia Laurie, a la que ve como una «amenaza» (Strasser 2010, 14). David y Brian intervienen: quieren convencer a Laurie de su error.

Por otro lado, todos los miembros de la redacción se alegran del éxito del periódico. Pero cuando Laurie se va tarde de la sala, va a su taquillero, donde han escrito la palabra «enemiga». Sale rápido del colegio, se siente perseguida. En el camino de vuelta, se encuentra con David, pero ella se niega a escucharle. Entonces pierde los estribos: le ordena que deje de escribir artículos y la agrede. Se da cuenta, impactado, de los efectos nefastos de la Ola.

Ben siente que la situación se le escapa. Por la noche Christy le habla de los problemas ocurridos por la Ola: los alumnos faltan, la Ola ha «trastornado todo el instituto» (Strasser 2010, cap. 15), ha habido quejas y han intervenido psicólogos. Va más allá: cree que él ha cambiado, se ha involucrado demasiado y tiene que pararlo todo. Pero Ben se niega: él también está metido en su papel de líder.

Cuando David y Laurie van a verle, Ben se da cuenta de que ha conseguido que sus alumnos comprendan el miedo y la colaboración forzada que reinaban en la guerra. Laurie le suplica que acabe con el experimento. Le promete hacerlo, pero tienen que mantenerlo en secreto.

Al día siguiente, Ben queda con el director, al que pide un día para acabar con el experimento y hacerles entender la lección a los alumnos. El director acepta. Así que, durante las clases, Ben anuncia una reunión exclusiva para los miembros de la Ola: el experimento se ha extendido por todo el país y conocerán al líder nacional de la Ola. David y Laurie intentan impedirlo, pero sus compañeros están entusiasmados.

Cuando Ben sube al escenario del auditorio, le reciben sus alumnos, que espontáneamente gritan el eslogan. Proyecta detrás de él el retrato del líder que podrían haber tenido: Adolf Hitler. Les muestra hasta qué punto se han parecido a los nazis porque han renunciado a sus convicciones a riesgo de permitir que masacren a sus semejantes. Les pide perdón porque el experimento ha ido muy lejos. Los alumnos, estremecidos, salen de la sala.

ESTUDIO DE LOS PERSONAJES

LAURIE SAUNDERS

Laurie es alumna de segundo de bachillerato, tiene el pelo castaño corto, es una chica sonriente y trabaja en la redacción del periódico del colegio. Sale con David y es amiga de Amy. Su padre es director de un departamento y su madre, que dirige la Liga de las Votantes del Condado, es la primera que se preocupa de lo que ocurre en el instituto de su hija. Laurie, alarmada por la reacción de su madre, se aleja del movimiento. Intenta despertar las conciencias denunciando los excesos de la Ola en el periódico y no duda en ponerse en peligro. Sufre las consecuencias negativas del movimiento: las críticas e intimidaciones de los otros y las peleas con David y Amy. Es una de los pocos alumnos que conservan su espíritu crítico despierto.

AMY SMITH

Amy es una joven rubia y delgada y la mejor amiga de Laurie. Es tímida y le gusta Brian. La Ola le da una sensación de igualdad y de popularidad que nunca pudo tener: siempre se ha sentido inferior a Laurie, en la que ve un modelo perfecto.

BEN ROSS

Ben es un profesor de Historia torpe, con el pelo ondulado y castaño. Es el creador de la Ola. Está casado con Christy, que da clase de música y canto en el mismo instituto. Sus alumnos le aprecian mucho y no todos sus compañeros piensan lo mismo de él: algunos aprecian «su energía, dedicación y creatividad» (Strasser 2010, cap. 1) y su voluntad de poner en práctica la Historia; otros lo consideran muy joven e ingenuo. Muy conmovido por la asignatura que da («¿Cómo pudieron los alemanes quedarse tan tranquilos mientras los nazis andaban matando a la gente delante de sus narices y decir luego que no lo sabían? ¿Cómo pudieron hacer algo así?», Strasser 2010, cap. 2), intenta entenderlo hasta el punto de que «se olvidaba el resto del mundo» (Strasser 2010, cap. 4). La experiencia le obnubila y se aferra a su papel de líder. Sabe que ha llevado muy lejos el experimento, pero lo ha hecho con un fin pedagógico: quería que sus alumnos comprendieran y no olvidaran nunca.

BRIAN AMMON

Brian es el quaterback del equipo de fútbol. Siempre saca malas notas. Su papel es el de monitor de la Ola cuando Laurie desconfía del movimiento.

ROBERT BILLINGS

Robert es el «el perdedor de la clase» (Strasser 2010, cap. 1). Parece descuidado y se duerme en clase, lo que llama la atención de Ben. Suele estar solo y los otros alumnos lo encuentran «idiota» (Strasser 2010, cap. 1). Lleva mal la imagen que su hermano mayor ha dejado en el colegio: era un alumno brillante y buen deportista. En la Ola, Ben hace de él un ejemplo y Robert se transforma: coge confianza en sí mismo, consigue un lugar en el grupo y se convierte en guardaespaldas de Ben. Se toma muy en serio el movimiento y tiene reacciones violentas a cualquier oposición porque tiene «la impresión de formar parte de algo especial» (Strasser 2010, cap. 11). Al final del experimento está destrozado porque pierde todo lo que había conseguido. Por suerte, Ben se encarga de él.

DAVID COLLINS

David es un jugador de fútbol bueno y guapo. Es el novio de Laurie, a la que le gusta desde hace varios años. Se va alejando progresivamente de la familia de Laurie, con la que tenía cierta intimidad, a medida que la Ola gana terreno. Ve en este movimiento un medio para poner fin a las derrotas de su equipo, que está poco unido. No entiende el distanciamiento de Laurie con el movimiento. Únicamente en una discusión violenta que mantiene con ella se da cuenta del carácter peligroso de la Ola.

BRAD

A Brad le gusta en particular humillar a Robert. Termina por sucumbir a la presión del grupo en el que encuentra la igualdad. Se enfrasca en la Ola, participa en el reclutamiento y vigila la entrada a las gradas.

CARL BLOCK Y ALEX COOPER

Carl Block y Alex Cooper son el reportero de la investigación y el crítico musical del periódico. El primero es alto, rubio y delgado, mientras el otro es moreno, más gordo e inseparable de su walkman. Se unen a la resistencia con Laurie para denunciar los efectos nefastos de la Ola.

EL SEÑOR OWENS

El señor Owens es el director del instituto. Es alto y calvo. Abierto a la novedad, tiene una opinión muy compartida del experimento: no infringe ninguna regla, pero sigue siendo amenazador. En el momento en que la experiencia empieza a ir mal, ordena a Ben que le ponga fin o que dimita.

CLAVES DE LECTURA

EL NAZISMO

La subida al poder de Hitler

Después de la Primera Guerra Mundial (1914-1918), Hitler (1889-1945) se interesa por un partido obrero alemán bastante modesto que se convertirá en el partido nacional-socialista de los trabajadores alemanes. Llega a convencer a los miembros de su partido para que le den la dirección del partido en 1921 con su gran dominio de la oratoria. Después de un intento de golpe de Estado fracasado (1923), redacta su programa político e ideológico en *Mein Kampf* (*Mi lucha*, 1925): imagina una renovación de Alemania gracias al nacionalismo. Según él, la raza alemana, definida por su pureza aria (individuos altos y rubios), es superior a otras razas (los judíos, los negros, los eslavos).

La llegada al poder de Hitler se explica sobre todo por el contexto económico y social de la época. La Primera Guerra Mundial tuvo graves consecuencias para Alemania. El tratado de Versalles (1919) le impone condiciones económicas (indemnización a los vencedores) y territoriales (pierde Alsacia y Lorena) muy duras. En 1929, como consecuencia de la crisis económica mundial, la tasa de paro se dispara y la producción y los precios caen en picado. Ben Ross, al igual que Hitler, usa la actualidad (subida de la inflación, del paro y de la delincuencia) para unir a sus alumnos y hacer que participen mucho en el movimiento.

En 1933 Hitler es canciller. En pocos meses organiza el Tercer

Reich y se convierte en el Führer («guía»): elimina toda oposición política haciendo de su partido el partido único, los grupos armados (la Gestapo y las SS) hacen que reine el orden, hace obligatorio el servicio militar y crea empleo en la industria del armamento. Persigue a las razas consideradas inferiores y la propaganda controla a la población (el Estado controla las artes y los medios de comunicación). Hitler prepara durante seis meses lo que será la Segunda Guerra Mundial.

Los historiadores han tratado la falta de reacción de los alemanes, que suscita la incomprensión de los alumnos de Ben. Entre los estudiosos, Götz Aly ha puesto de manifiesto el hecho de que el régimen nazi creó en el seno de la población, sobre todo entre los más pobres, un sentimiento de igualdad, principalmente en cuanto al reparto de la comida y la distribución de los salarios. Por otro lado, Hitler gravó con impuestos a los más ricos e hizo de cierta forma que el reichsmark (unidad monetaria oficial de la república de Weimar) fuera una moneda fuerte. El expolio de los judíos sirvió principalmente para llenar las arcas del Estado. Se consideró el régimen instaurado por Hitler vector del bienestar material: los alemanes disfrutaban de una vida mejor sin estar personalmente involucrados.

Las Juventudes Hitlerianas

Cuando Ben Ross decide acabar con el experimento, explica que se han entregado totalmente a la causa, al igual que los jóvenes alemanes. Hitler, en su voluntad de militarizar Alemania, disuelve todas las asociaciones juveniles y crea las Juventudes Hitlerianas. En 1936 decreta el paso obligatorio por esta institución. Tiene como finalidad ofrecerles una educación física, intelectual y moral que corresponde a los ideales del nacionalsocialismo. A los jóvenes se les agrupa por sexo y edad. Los chicos entran a los diez años. Con diez años prestan juramento de fidelidad a Hitler. Participan en las Juventudes Hitlerianas hasta los dieciocho años, antes de unirse al Servicio de trabajo y al ejército. Las chicas siguen un sistema similar que las ocupa de los diez a los veintiún años.

Desde el principio de la guerra, los jóvenes ayudan a los bomberos, trabajan en las fábricas o se encargan de la evacuación de los niños durante los bombardeos. Pero también se les envía al frente: están tan convencidos de los ideales nazis que están dispuestos a morir parar retrasar el avance de los aliados.

Los campos de concentración y la Shoah

A los alemanes no se les ocurrió la idea de los campos de concentración: antes de ellos, otros (los trabajos forzados españoles en Cuba, los gulags soviéticos) habían pensado en encarcelar a sus oponentes, pero los alemanes hicieron que este sistema fuera tristemente más eficaz. El primer campo de concentración es el de Dachau (abierto en marzo de 1933). El objetivo es destruir al individuo (homosexuales, comunistas, prostitutos, mendigos, etc.) mediante el trabajo forzado y el miedo para guiarlos por el buen camino, que corresponde a los ideales del partido nazi. Se somete a los prisioneros a una disciplina estricta en un lugar sucio, cerrado y rodeado de una alambrada.

A partir de 1939 utilizan las cámaras de gas para eliminar a los que se consideran inútiles, concretamente los enfermos mentales, los judíos, los gitanos y los eslavos. Luego incineraban sus cuerpos en hornos crematorios.

A partir de 1942 los alemanes organizan la solución final para los judíos, también llamada Holocausto (según un pasaje de la Biblia que cuenta el sacrificio que consiste en quemar un animal). Los judíos lo llaman *Shoah*, que significa «cataclismo» o «catástrofe» en hebreo. Cuando los judíos llegan a los campos, los dividen en dos grupos: por un lado, se coloca a los que son aptos para el trabajo, a los que se explotará hasta la muerte; por otro lado se encuentran los que son inútiles para el trabajo (mujeres, niños, viejos) a los que se envía directamente a las cámaras de gas que disimulaban como duchas. Se quedaban con todos sus bienes y objetos personales. A otros se les torturaba para experimentos médicos.

Los historiadores estiman que unos doce millones de personas fueron exterminadas en los campos. Pero esta masacre a gran escala solo fue posible por la colaboración de los países ocupados. En Francia en especial, el régimen de Vichy hizo leyes antijudías y redadas como la del *Vel d'Hiv* (Velódromo de invierno) de París en 1942.

EL GRUPO: UN CONCEPTO DE LA PSICOLOGÍA SOCIAL

La psicología social se interesa en cómo un individuo percibe las cosas y cómo reacciona en función de los comportamientos, sentimientos, opiniones e ideas de los otros, y por en qué medida está influido por aquellos con los tiene lazos reales o imaginarios.

Los sucesos del instituto Cubberley se desarrollaron poco después de realizar experimentos sobre la obediencia:

- la experiencia de Asch en los años cincuenta demostró que un individuo tiene tendencia a conformarse con la opinión del resto del grupo: un individuo da una respuesta idéntica a la de la mayoría, aunque piense que es incorrecta. Al principio de la experiencia, Brad y Laurie se muestran reticentes a aplicar ciertas reglas, como respetar la disciplina o decir el eslogan, pero con la presión del grupo acaban adoptando los mismos comportamientos;
- la experiencia de Milgram en los años sesenta demostró que un individuo es capaz, cuando se le somete a una autoridad, de obedecer a las órdenes dadas y de actuar en contra de lo que dicta su conciencia (castigar con descargas eléctricas a una persona que da respuestas equivocadas, por ejemplo). El comportamiento de David cuando discute con Laurie demuestra que, convencido de las ideas de la Ola, está dispuesto a herir a su novia para proteger al grupo.

EL DEBER DE MEMORIA: RECORDAR, NO OLVIDAR Y ENTENDER

Ben Ross declara cuando termina con el experimento: «Pero si nuestro experimento tiene éxito (y entiendo que así es), habréis aprendido que todos somos responsables de nuestras propias acciones y que siempre hay que cuestionarse lo que se hace, en lugar de seguir a un líder ciegamente, [...] espero que ésta sea una lección que compartamos para el resto de nuestras vidas. Si somos inteligentes, no nos atreveremos a olvidarla» (Strasser 2010, cap. 17). Esta frase no deja de referirse al concepto del deber de memoria: es imprescindible recordar los sucesos atroces de la Historia para que semejantes actos no se vuelvan a repetir. Pero este complejo concepto divide tanto a los historiadores como a los políticos.

Para luchar contra el revisionismo (teoría según la cual la masacre de los judíos y las cámaras de gas nunca existieron), algunos países decidieron incorporar en su legislación el reconocimiento del genocidio judío: es el caso de Francia, Bélgica y Alemania. Sin embargo, muchos especialistas coinciden en que entender los hechos es más importante que el deber de la memoria: «Para un hombre laico como yo, lo esencial es comprender y hacerse comprender» (Primo Levi, escritor italiano víctima de las persecuciones, 1919-1987).

PISTAS PARA LA REFLEXIÓN

ALGUNAS PREGUNTAS PARA PROFUNDIZAR EN SU REFLEXIÓN...

- Enuncie los peligros y las ventajas de un grupo con ayuda de otros ejemplos de comunidades.
- ¿Qué punto de vista aporta al libro a la frase de John Stuart Mill «La libertad de uno acaba donde empieza la del otro»?
- Según Ben Ross, ¿cuál es el papel de la Historia? En su opinión, ¿por qué es importante conocerla?
- Cuando el experimento de Ben empieza, cree que sus alumnos se transforman en «seres humanos» (Strasser 2010, cap. 7). ¿Qué imagen da del hombre? Con ayuda de otros textos, ¿qué definiciones puede dar del ser humano?
- ¿Qué es una secta? ¿Cuáles son sus características? ¿Es la Ola una secta? Justifique su respuesta.
- Este libro demuestra que hoy en día sigue siendo posible un experimento totalitario. ¿Conoce otros ejemplos que lo demuestren? ¿Qué medios tenemos para protegernos?
- Basándose en la obra y en la Historia, explique la diferencia entre un régimen democrático y un régimen totalitario. ¿Cuáles son los elementos necesarios para pasar de uno a otro?
- ¿Qué significa el comentario de Carl «Parece que he ido a parar a la buhardilla de Ana Frank» (Strasser 2010, cap. 12)?

¡Su opinión nos interesa!
¡Deje un comentario en la página web de su librería en línea,
y comparta sus favoritos en las redes sociales!

PARA IR MÁS ALLÁ

EDICIÓN DE REFERENCIA

- Strasser, Todd. 2010. *La ola*. Traducido por Soledad Silió y Blanca Rissech. Barcelona: Takatuka.

ESTUDIOS DE REFERENCIA

- Aly, Götz. 2005. *Comment Hitler a acheté les Allemands*. París: Flammarion, colección *Champs Histoire*.
- Blanchet, Alain y Alain Trognon. 1996. *La psicología de los grupos*. Madrid: Biblioteca Nueva, Madrid.
- Chavot, Pierre y Jean-Pierre Morenne. 2001. *L'ABCdaire de la Seconde Guerre mondiale*, París: Flammarion.
- Rioux, Jean-Pierre. 2002. «Devoir de mémoire, devoir d'intelligence». *Vingtième Siècle. Revue d'histoire*, vol. 1, n.° 73, 157-167. Consultado el 27 de octubre de 2016. https://www.cairn.info/revue-vingtieme-siecle-re-vue-d-histoire-2002-1-page-157.htm.
- Vonck, Vinciane. 2008. Extracto de *Dossier pédagogique réalisé par les Grignoux et consagré au film* La Vague - Die Welle. 2008. Consultado el 27 de octubre de 2016. http://www.grignoux.be/dossiers/278/.

ADAPTACIÓN

- *La ola*. Dirigida por Dennis Gansel, con Jürgen Vogel, Frederick Lau, Max Riemelts, Jennifer Ulrich y Christiane Paul. Alemania: Rat Pack Filmproduktion, 2008.
Este drama psicológico es una adaptación actualizada y

más dura del experimento. El director alemán traslada la historia a un instituto alemán dándole así una dimensión adicional: los jóvenes alemanes que estudian mucho el Tercer Reich están más convencidos que alumnos de otras nacionalidades de que un nuevo régimen fascista es imposible. La película también termina de un modo más trágico: Tim, un alumno solitario que se siente mal consigo mismo, ve en la Ola la única forma de existir; cuando el profesor Rainer termina con el experimento, dispara a un compañero antes de suicidarse.

www.resumenexpress.com

ISBN ebook: 9782806273789

ISBN papel: 9782806286352

Depósito legal: D/2016/12603/570

Cubierta: © Primento

Libro realizado por <u>Primento</u>*, el socio digital de los editores*